LE

MARQUIS D'OEDIPE.

Au moment où Mme la maréchale Brune fait une pétition à S. M. Louis XVIII, pour obtenir justice de l'assassinat de son époux, nous recommandons un ouvrage ayant pour titre : *Les Événemens d'Avignon*, in-8°, prix, 1 fr. 50 c. *chez Plancher.*

On retrouvera dans cet ouvrage le récit exact de l'assassinat du maréchal.

LE MARQUIS D'OEDIPE,

ou

LA CLEF

DE LA COUR PLENIÈRE

DES ILES DE PARLAS.

A PARIS,

CHEZ PLANCHER, ÉDITEUR DU MANUEL DES BRAVES,
rue Poupée, n° 7.

—

1819.

IMPRIMERIE DE Mme JEUNEHOMME-CREMIERE,
rue Hautefeuille, n° 20.

LE

MARQUIS D'OEDIPE,

ou

*Lettre de M. le Curé de St.-M., près Ver-
sailles, au Libraire de M. le marquis de L.L.
en lui renvoyant LA COUR PLÉNIÈRE DES
ILES DE PARLAS.*

———

S.-M., le 20 mars 1819.

M. LE MARQUIS de L.L., maire de cette paroisse, me charge, monsieur, de vous ren-
voyer la brochure ci-jointe qui se trouvait dans
le paquet de nouveautés que vous lui avez
adressées cette semaine. Il est dans une trop
grande colère pour vous écrire lui-même, et il
vous enjoint de rayer ce libelle du compte que
vous tenez avec lui, depuis dix neuf ans.

J'ai cherché à apaiser M. le marquis, en lui
faisant observer que sans doute, vous n'aviez
point lu la *Cour plénière des Iles de Parlas*,
et que, d'ailleurs, vos occupations ne vous auraient pas permis de chercher à deviner les

énigmes qui forment le corps de tout l'ouvrage. Il m'a répondu que vos conditions étaient de ne lui envoyer que les œuvres des *ultra*, les seules dont il soit possible de tirer plaisir et instruction; et quant aux énigmes, que les mots en étaient si faciles à trouver, que l'excuse que je proposais n'était point admissible.

Pour le faire abonder dans mon sens, j'ai feint de ne rien comprendre à cette brochure, et lui, me l'arrachant des mains, me répondit, avec vivacité: «Vous ne disconviendrez pas que tout ceci fait allusion à la courageuse et noble proposition de M. Barthélemy, que je ne pourrais m'empêcher d'estimer, si, né dans la roture, il ne se parait pas d'un titre qui n'appartient et ne peut appartenir qu'à la noblesse. Eh, bien! ouvrez ce libelle; voici, (page 6) que ce marquis de nouvelle fabrique, est nommé *Persuadé*, sans doute pour faire sentir que la motion ne vient pas de lui, et qu'elle lui a été suggérée par des hommes plus naturellement, plus légitimement *monarchiques* que lui (1). *Perce-*

---

(1) Le marquis donne ici dans l'erreur générale. Il n'a point vu les visites faites chez chacun des quatre-vingt-quatorze pairs : il n'a point entendu les instances promenées d'un hôtel dans un autre. Hélas! le mes-

feuille n'est-il pas peint d'après nature? Tous les *Titus* et les *Caracalla* peuvent-ils nous pardonner d'avoir conservé la poudre et la pommade, monument du règne glorieux de madame la marquise de Pompadour? Ils nous appellent des têtes à l'*antique*, tandis que notre mode ne date que du siècle dernier, et qu'eux, au contraire, promènent, dans les rues, de mauvaises copies de Marc-Aurèle, d'Esculape, d'Antinoüs, de Brutus, de Titus, d'Adrien, de Mercure, dont les modèles sont assurément plus *antiques* que nous tous. Au surplus, je ne suis pas trop fâché du coup de patte donné sur le toupet de *Cauchy*. J'ai sur le cœur son ode *De Gallici Exercitûs itinere* (Moniteur du 22 frimaire an 14); et surtout sa *Réparation des tombeaux de St.-Denis* où il exalta la gloire de l'usurpateur au-delà de toute expression. Je sais qu'il a retouché ce bel ouvrage, et qu'il a substitué les éloges de Louis XVIII à ceux de

---

sager zélé qui reconnaissait si mal les bienfaits de son roi, ne prévoyait pas qu'avant la décision de cette étrange querelle, son corps reposerait dans le cimetière du père *Lachaise*. O vanité des projets et de l'agitation des hommes!!!

(Note de l'éditeur.)

Napoléon; je sais que pour éviter les sarcasmes des malins, il n'a point fait vendre cette *édition restaurée*, et qu'on n'a pu s'en procurer chez Didot, qu'avec un *billet de sortie* signé par l'auteur; mais ces sortes de palinodies déshonorent toujours le talent, et compromettent la loyauté des panégyristes. Ainsi j'abandonne la coiffure du savant *Cauchy* au vent de la satyre.

« Mais concevez-vous rien de plus audacieux que de pénétrer dans l'intérieur d'un président gracieux et spirituel, d'oser le désigner sous le nom de *Perçoir*, de cet instrument que les garçons marchands de vin portent toujours pendus à leur ceinture ? Pour un disciple de Rabelais, c'est pousser bien loin le scrupule : son maître n'a jamais perdu de vue le précepte d'Horace :

« . . . . *Sapiens, finire memento*
« *Tristiam vitæque labores*
« *Molli, Plance, mero......* »

« Plancus, si tu es sage, n'oublie jamais de noyer « dans le vin tes soucis et tes travaux.... » (Ode, l. 1.)

« N'est-il pas évident que le prétendu Thélémite n'est qu'un *buveur d'eau*, et que votre joyeux confrère, le curé de Meudon, l'aurait chassé de son école ? Laissons aux sauvages Mexicains leurs lois ridicules qui confisquaient les biens et les charges de tout fonctionnaire attaché au culte de Bacchus ; le code d'Horace et d'Anacréon est le seul que doivent suivre des peuples civilisés, et surtout de riches fonctionnaires publics ».

« *Pervers* est facile à deviner quand on entre dans l'esprit infernal de l'auteur. Il est clair qu'il voudrait nous peindre, comme un *Laubardemont*, un magistrat désintéressé, humain surtout et incorruptible. Un célèbre procès tient au cœur de ces forcenés, et ils voudraient faire *reviser* des jugemens, comme nous voulons faire *modifier* des lois. Si on les laissait faire, *Biron* serait un innocent, *Lally* un agneau, et *Calas* une victime. On n'en finirait pas, et nous ne saurions jamais à quoi nous en tenir sur le compte des gens que les factions, le pouvoir ou le fanatisme ont trouvés sous la main. Ce qui est fait est fait, et il n'y a que les lois et la charte sur lesquelles il soit possible de revenir.

« J'ai trop aimé *Fronsac*, j'ai trop souvent partagé ses exploits fameux pour souffrir qu'on fasse au duc de *Richelieu* un reproche d'avoir servi d'autre pays que le sien. *Pérégrinité* (p. 7)

est un éloge que je regrette bien aujourd'hui
de n'avoir pas mérité. Si j'avais pu prévoir que
les choses eussent tourné ainsi, que m'en au-
rait-il coûté de divorcer avec la marquise, de
lui laisser tous nos biens, et d'aller demeurer
sur la rive droite du Rhin? Je serais aujour-
d'hui de la chambre des pairs, ambassadeur,
ou au moins préfet : ah! cher curé, que nous
avons mal calculé! Mais en tourmentant mes
vassaux, en les envoyant en prison, en formant une grosse liste de bonapartistes, de tous
ceux qui s'attachent à cette fameuse Charte
qu'ils nous jettent, à chaque instant, à la tête,
je suis déjà parvenu à me faire remarquer. Je
redoublerai de zèle; j'invoquerai les plus
hautes protections : je braverai les ministres,
au jour de leur retraite; je me mettrai aux
pieds des nouveaux venus, et j'espère faire
oublier mon immobilité, et être agrégé à
l'heureuse classe des émigrés. Curé, je vous
ferai nommer évêque.

« C'est assurément un prélat que l'auteur dé-
signe sous le nom de *Permesse*, et je parierais
que c'est celui qui veut bien travailler au Conservateur. Les dix autres seront nos braves de
la majorité : les d'*Herbouville*, les *Dubouchage*, les *Ferrand*, les *St. Roman*, les *Poli-*

gnac, les d'*Ecquevilly*, les *Talleyrand-Peri-gord*, les *Rivière*, et notre fameux *Chateau-briand*, qui, ayant combattu dans tous les rangs, peut être présenté à nos amis comme à nos ennemis; fondateur heureux de l'entre-prise du *Conservateur* que l'on nous adresse gratuitement, avec tous ses satellites, et qui, assuré de trouver des lecteurs, se met peu en peine d'avoir des abonnés. Les goûts actuels de ce pair, ses derniers ouvrages, et ses cou-rageux efforts lui méritent bien le nom de *Permission*, et le libelle, croyant le blâmer, a publié son plus bel éloge : les jésuites en ont été enchantés.

« Va! soit dit entre nous, va! pour le mi-nistre *Perquisition*; j'applaudirais à toute dia-tribe contre lui, en dépit de nos vieilles du-chesses qui le trouvent bel homme, et qui prétendent qu'on ne peut pas être en guerre éternelle avec un beau cavalier. Nous en sommes, à force de finesses, de part et d'autre, à ne plus savoir si c'est nous qui mystifions M. *de Cazes*, ou si c'est lui qui nous mystifie; mais la brochure en fait un architecte habile qui n'attend pas que le bâtiment soit renversé pour y appliquer des *antérides* ou *arcs-boutans*.

Le Thélémite a donc voulu critiquer le ministère, et se metttre à l'abri de toutes recherches ; car on ne peut l'accuser de s'être moqué de ce qu'on a fait , puisqu'il ne raconte que ce que, selon lui, on aurait dû faire ; autant vaudrait traduire en jugement comme ayant peint les ténèbres de la nuit , le peintre qui aurait représenté tout l'horizon éclairé par le soleil, au milieu d'un beau jour. »

« Nous voici, (page 8) à l'éloge de *Dantzick*, d'*Albufera*, de *Belliard* qui n'ont rien négligé pour remonter sur leur bête, de *Rampon*, de *Moncey*, et de *Mortier* dont je ne puis qu'estimer le caractère, (page 9) de *Lebrun*, de *Cadore*, et de *Lacepède* ; chacun d'eux a son étiquette, et ils sont tous reconnaissables ; seulement je trouve que *Dejean, Colchen, Cornudet, La Tour-Maubourg, Pontécoulant* (1), et *Montesquiou* pourraient reven-

---

(1) S'il existait par hasard des individus que l'adulation tint en séquestre, auxquels elle ne permit de respirer et de se mouvoir que dans l'atmosphère de l'imposture et de la domesticité, ces individus ne connaissant et ne pouvant apprécier qu'un seul genre de services, croiraient avoir des reproches à faire à M. le comte *Gustave Doulcet de Pontécoulant* ; mais la patrie qui n'est point enchaînée par ces entraves, et qui

diquer pour eux la désignation de *Pertinent*, et de *Péricarde* ; mais l'auteur a peut-être voulu demeurer dans le vague, et donner à sa plaisanterie une qualité qui a fait la fortune de la proposition de *Barthelemy* : soit ».

« Il ne faut pas être bien fin pour voir *Rapp* dans *Pericrâne*, couvert de blessures, *Ma-*

---

compte à ses enfans leurs travaux, leurs talens, leur courage et jusqu'à leurs douleurs, a inscrit le nom de *Pontécoulant* dans le plus grand nombre de ses registres.

Dernièrement ce pair, ayant appuyé avec vigueur la proposition contre la loi révolutionnaire du 9 novembre 1815, fut accosté par un maréchal de France, nouvellement admis dans la chambre, et fameux par son aveugle soumission au pouvoir absolu. Le maréchal se permit de dire à son collégue *qu'il avait la tête chaude.* Celui-ci, voulant faire comprendre au donneur d'avis qu'en fait de législation et de politique il avait, depuis long-temps, *gagné ses éperons,* et qu'il était peu disposé à se mettre à l'école d'un homme qui, jusqu'à ce jour, n'avait raisonné qu'à coups de sabre, et dont la faiblesse même, pour ne rien dire de plus, avait attiré sur tous les braves la honte, l'indigence et la persécution, lui répondit avec sécheresse, sang-froid et dignité : « *Monsieur, sur le champ de bataille où « nous nous trouvons, je suis maréchal de France.»*

(Note de l'éditeur.)

rescot, dans *Périmètre*, Chaptal dans le chimiste *Permutation*, *Daru* dans le poëte *Périodique*, *Portalis* dans *Périoste* (autour des os) ambassadeur qu'on nous peint, arrivant de Rome, d'où l'on ne revient jamais sans apporter des os, vendus comme des reliques de saints. Le pauvre *Permutant* est M. de *Blacas* qu'on indique, tantôt avec une fonction, tantôt avec une autre. Ce plénipotentiaire habile est tellement propre à tout, qu'il n'est pas d'emploi dont on ne le croie investi, et de ministère où il ne soit toujours à la veille d'entrer. Si la ridicule pétition du sieur *de la Rue* qui voulait supprimer *l'ambassade de Rome* (1), eût pu être accueillie, M. *Blacas-d'Aulps* était tout prêt à partir pour *l'ambassade de Perse*. Il n'en est pas qui puisse mieux lui convenir, car la cour de France chercherait vainement parmi la noblesse, un gentilhomme aussi capable de se ployer à toutes les formules de politesse et de soumission en usage à Ispahan, et d'attacher aussi peu d'importance à toutes ces protestations hyperbo-

____

(1) Voir la séance de la chambre des députés, du 18 mars.

liques, qu'on y en attache à la cour même du *Shah*, dispensateur des Royaumes. »

« Il était tout naturel qu'un de ces écrivains qui déguisent, sous leur attachement pour la la charte, leur regret du despotisme roturier de Napoléon, appelât *Perverti*, l'ancien préfet *Castellane ;* qu'il envisageât comme *Perdu* pour la philosophie, *Pastoret*, qui non seulement a considéré et comparé Moyse, Zoroastre, Confucius et Mahomet comme sectaires, législateurs et moralistes , mais qui a traduit Tibulle et concouru en 1779, à un prix académique pour l'*éloge* de *Voltaire*, en dépit de la cour et du clergé ; et enfin qu'il ait appelé *Perpétuel*, M. Fontanes , si fidèle à ses anciens principes, et qui ne louait Napoléon, qui ne nous le représentait , dans Berlin , comme supérieur à Paul-Emile, et sur la Vistule, comme plus grand que Gélon (1), que dans l'intention de ne point laisser rouiller le talent extraordinaire dont la nature l'a pourvu pour

------

(1) « Il a (dit M. le marquis, alors comte *Fon-*
« *tanes*) rétabli l'humanité dans ses priviléges. Il a
« fait servir *le droit de conquéte* à l'affranchissement
« des vaincus. »

(Note de l'éditeur.)

flatter tout ce qui est puissant, et pour insulter, noblement, aux statues quand elles sont renversées. Où en serions-nous,. avec notre système de détérioration , si ces grands orateurs, honteux d'un encens prodigué sur un autel profane, avaient renoncé à tenir l'encensoir? Leur bavardage nous met autant à l'aise que leur silence nous aurait embarrassés. Dans tout état d'hostilité, l'homme d'honneur méprise les transfuges, mais le général habile accepte leurs services avec empressement : un peu d'argent suffit pour acquitter sa reconnaissance. »

« L'auteur a de la rancune; je le vois au nom de *Personnalité* qu'il donne au président *de Serre* (p. 11); il ne lui pardonne pas sa prise-à-partie contre M. D'Argenson, le jour de St.-Charlemagne, bon jour,. bonne œuvre. Mais le garde des sceaux qui arrivait au ministère, ne devait-il pas profiter de la première occasion qui se présentait de parler le langage d'un ministre, et de tancer ces députés qui se croient là pour réclamer en faveur du peuple (1) ? Il faudra du temps pour les désen-

____

(1) Le marquis aurait sans doute bien plus maltraité

têter de leur marotte. On y parviendra, cependant, car je vois, avec plaisir, que, quelques mutations qui surviennent dans le ministère, les successeurs suivent religieusement la même route; c'est le moyen d'arriver plus vite au but. Quand ils auront fait le lit, j'espère que d'autres s'y coucheront, et alors, mon cher curé, nous pourrons sans déroger, vous à votre robe, et moi à mes parchemins, nous rapprocher des tables de nuit, de la bassinoire et des pantoufles. Oh! comme je me vengerai! »

« Je rougirais bien, si j'étais M. *Dessoles*, d'être loué dans de tels écrits. *Persuasif*, illustre dans les armes et sage dans les conseils! Je ne doute pas que l'auteur n'ait été, son livre à la main, solliciter un emploi de *secretaire d'ambassade*. Heureusement qu'un écrivain de cet acabit ne peut être qu'un roturier, et qu'on ne saurait admettre dans les *affaires étrangères*, que des gentilshommes. Il faut être, au moins, vicomte pour faire une enveloppe,

---

M. de Serre, s'il avait pu connaître alors le noble discours que devait prononcer M. le garde des sceaux, le 23 mars

(Note de l'éditeur.)

2

et je vois, d'ici, mon historien de *Pantagruel* renvoyé ignominieusement dans ses *îles de Parlas.* »

« C'est dommage, cependant, car il paraît avoir plus d'aptitude pour la flatterie que pour la satyre. Un duc de *Broglie* se déclare-t-il pour les intérêts populaires ? ce sera M. *Perfection.* On ira chercher, s'il le faut, la gloire de son aïeul dont on oubliera la défection, pour ne songer qu'au talent, aux services et aux malheurs de *Victor Broglie* son père. Ne craignez pas qu'on aille fouiller pour lui dans les *mémoires du parlement.* On ne nous parlera que de sa modération, de son dévouement et de ses vertus. Tout est bon, aux yeux des prolétaires, rien n'est à reprendre dans un homme qui se proclame l'ami des lois et le partisan de la charte. La canaille est folle des talismans. »

« *Boissy-d'Anglas* sera M. *Perfectible.* Son plus grand mérite est d'être huguenot. Conventionnel courageux, cet ami de la liberté des noirs, cet admirateur de *Malesherbes*, cet ennemi momentané de la monarchie, mais cet adversaire plus redoutable du terrorisme, a de belles pages dans son histoire. Mais je n'oublierai jamais que l'ayant vu donner hautement sa démission de *maître-d'hôtel* de l'un de nos princes , je fus entraîné par son exemple , et qu'aujourd'hui on repousse toutes mes sollici- tations, en me rejetant au nez cette démission précipitée. Ce chien d'huguenot, je ne lui pardonnerai jamais, *quand même* il irait à la messe. »

« Pour l'avocat *Persuasion*, il y a cinquante ans que ce *Lanjuinais* se croit tout permis. Avec son manteau mi-parti de jansénisme et de philosophie , il croit qu'il suffit d'être ver- tueux et savant pour avoir raison. Il s'en va , la gaule à la main, abattant de droite et de gauche tous les préjugés, disant la vérité à tout le monde, bravant la disgrâce comme il bravait les échafauds. Que peut-on attendre d'un fou de cette espèce ?

« Je n'avais pas deviné du premier coup quel était le *Pèrgardien* (page 13) , mais , à la fin de l'ouvrage (page 21), j'ai vu qu'il demeurait au palais même de la Cour-plenière; alors j'ai rapproché ces deux passages de ce- lui de la page 7 , et j'ai vu que l'auteur se gen- darme contre M. *Sémonville*. Pour moi qui connais ce M. *Huguet* depuis longues années, qui ai lu sa correspondance de Gènes, ses proclamations sur la liberté; qui l'ai trouvé, vingt fois, chassant le même gibier que moi, et m'enlevant les plus belles pièces, presque sous le nez, je prends peu d'intérêt au grand-Référendaire, et en vérité, il ne valait pas la plus petite portion du trésor contre lequel la république l'a échangé. Je le lui soutiendrais à sa barbe, et il est trop fin courtisan pour me dédire. »

« Supposons que le sage *Perlé* soit *Lally-Tollendal*, le vieux *Périssable*, le maréchal de *Coigny*, le jeune *Per-obitum*, le fils du maréchal *Pérignon*, ou celui de M. Choiseul-Gouffier ; je ne trouve que le général *Maison* auquel puisse s'appliquer la dénomination de *tardif Permanent*. Je suppose qu'on aura voulu jouer sur son nom, ce qui est permis dans une collection de *rébus*, et qu'on aura fait allusion aux discours que ce pair fait imprimer, arrivant toujours *trop tard* pour les prononcer à la tribune. Le moine de Thélème ne passe rien, même à ses amis, ou si nous voulons, aux partisans de sa faction constitutionnelle. »

« Le modéré *Péripatéticien* est *Volney* dont les enragés loueraient bien moins les *ruines*, ou la *Méditation sur les révolutions des empires,* si on ne devait à ce solitaire académicien la *Loi naturelle, ou les principes physiques de la morale déduits de l'organisation de l'homme*

et de l'univers. Heureusement que nos écrivains de la noblesse et du clergé ont eu la
sagesse de ne pas trop crier contre cet ouvrage.
Il repose sous l'oreiller de quelques néophites:
si la nation le lisait, où en seraient les seigneurs de paroisse et les missionnaires, et
qu'ajouteriez-vous aux axiomes de ce philosophe qu'il dit être fondés sur notre propre
organisation :

« Conserve-toi ;
« Instruis-toi ;
« Modère-toi ;
« Vis pour tes semblables, afin qu'ils vivent
« pour toi : » ?

Gardons-nous bien de faire connaître où
l'on vend ce petit *catéchisme du citoyen.*

« Parmi les pairs issus d'un sang étranger,
je ne vois que le duc de *Fits-James* qui fasse,
ou du moins qui lise des discours. La gloire
du maréchal de *Berwick* a dû suffire pour le
naturaliser en France, et si sa famille portait
son nom, il serait dificile qu'on allât interroger les déportemens de *Jacques II*, roi
toujours humilié, et pénétrer dans le boudoir
d'*Arabelle Churchil*, sœur de *Marlborough*,

l'ennemi le plus formidable des Français, et de la maison de Bourbon. Si *Jacques* avait été un grand homme, on concevrait la manie de perpétuer le souvenir de ses faiblesses. Mais préférer le nom d'un prince détrôné et éternellement mendiant, au titre d'un maréchal illustre, c'est ce qu'on ne peut concevoir que dans les cours. Malgré mon respect pour cet usage, je me rappelle en avoir souvent parlé au vieil évêque de Soissons, vrai titulaire de ce duché, et qu'il était de mon avis. Au reste, MM. les libéraux ne sont pas fâchés qu'on s'obstine ainsi à se tromper sur les vraies sources de l'honneur, et nous avons le malheur de leur prêter toujours le flanc à cet égard. Vous avez vu comme moi, mon cher curé ce beau comte de *N.* qui, pour être un bâtard royal, consentait à déshonorer son père et sa mère; et à nous montrer les crimes les plus détestables présidant à sa conception. Une dame qui, pendant toute la révolution, n'était tout simplement que la fille d'une mère honnête et vertueuse, veut aujourd'hui être batarde d'un roi. Elle attribuera de nouveaux honneurs à la honte de sa naissance, plutôt qu'aux services de son mari. Ainsi va le monde, et mon ami, l'abbé *Fressinous* n'en étale pas moins tous les quinze jours, ses deux mouchoirs blancs sur sa chaire, avec sa grâce ordinaire, n'en prouve pas moins la supériorité de nos pères sur nous, et n'en ressasse pas moins une foule de de vérités dont aucune n'est contestée par un auditoire attiré par la mode, et qui, le soir, se disperse dans tous les spectacles. Qui donc voudrait empêcher la rivière de couler ? Ah! cher abbé, prêchez toujours; prêchez surtout l'humilité, mais ne manquez jamais à m'encenser dans mon banc, et à m'envoyer le *chanteau* de pain bénit.

« Le Thélémite qui, apparemment s'occupe beaucoup du bonheur des autres, affuble du nom de *Personnel* le savant *Laplace* qui a exposé le *système du monde*. Quand on porte toute son attention loin de notre planète, comment songer beaucoup au bien-être de ceux qui l'habitent ? J'ai vu dans les cent jours, ce grand calculateur des *probabilités* résoudre des équations dans les antichambres du roitelet *Joseph*. Combien d'habileté n'a-t-il pas fallu pour accepter et ne point accepter, pour abhorrer et pour visiter, pour enchaîner son corps et pour libérer son cœur, pour pleurer aux pieds d'un usurpateur et garder sa joie pour le retour du prince légitime ? Cette conduite est admirable , et qu'on vienne , après cela me dire que les *gens d'esprit sont bêtes !*

« Les émigrés , mes amis , qui ont été dans le cas d'invoquer la bienfaisance du vieux président *d'Aligre* , auraient deviné , du premier coup , que le *riche Pérou* était le nom de son fils. Marchant sur les traces de *messire* son illustre père , ce bon chambellan de Caroline , a pour principe qu'il ne faut jamais charger les cœurs du poids de la reconnaissance ; et il disait naguère que , pour conserver ses amis , on ne doit jamais les obliger. Mondor n'en a encore perdu aucun.

« Quant à *Perclus* , mon cher curé , vous l'avez nommé vous-même , et l'abbé - prince de *Talleyrand* , évêque d'Autun et souverain de *Bénévent* , ne sera pas du tout fâché du portrait. Il en sourira le premier.

« Je connais bien , et vous aussi , la liqueur de *Persicot ;* mais , en vérité , je ne sais sur quel noble gosier attacher cette étiquette (p. 14). Je soupçonne le Thélémite nomenclateur de n'en savoir pas plus que moi à cet égard. Il aura voulu donner une leçon éventuelle de sobriété aux intimes du président, et suspen-

dre , sur la tête de chaque convive , l'épée
de Damoclès.

« Si *Perpendiculaire* est l'ambassadeur en
Espagne , on ne sait qui peut être *Perfidie*
par-delà des mers. M. *Hyde* n'est point pair ,
et l'éternelle loyauté du marquis *de Rivière*
met cet ambassadeur à l'abri des *rébus*. Je
suis fâché que l'auteur ait jeté ce vague à l'occasion de cette dénomination ; j'aurais voulu le
voir attaqué en calomnie pour une équivoque,
et un pair, un peu taquin, adopter une injure,
pour avoir le plaisir d'en faire châtier l'auteur. On ne voit plus de ces dévouemens-là ,
et les écrivains finiront par employer tant de
ruses, que les bancs de la police correctionnelle resteront déserts , que l'éloquence des
substituts sera muette , et ne saura saisir cette
hermaphrodite de Boileau,

« *Qui, par un double sens dans les discours jeté,*
« *Saura, même en mentant, dire la vérité.* »

« Espérons que le glaive d'une nouvelle loi
saura trouver le joint de cette nouvelle cui-
rasse (1).

____

(1) Le vœu du marquis ne serait-il pas sur le point
d'être exaucé par le projet de loi présenté le 22 mars,

« La peinture de *Personnage* nous montre
un grand prince étendu dans sa petite princi-

---

et qui, substituant le mot de *diffamation* à celui de
calomnie, débarrasse le coupable de toute inquiétude
sur l'autenticité des faits, lui permet même d'en convenir, tout en faisant punir l'écrivain courageux qui
les aura signalés? Ne doutons pas que les chambres ne
profitent de l'invitation du ministère, et de toute la la-
titude qu'il les prie de prendre, pour améliorer ce
projet. M. *de Serre* lui-même, dans son beau discours
du 23, aurait encouru les poursuites de l'horrible
Trestaillon (*), si la tribune des deux chambres n'était
un lieu privilégié d'où les orateurs, suivant cette loi,
pourront lancer impunément les traits les plus acérés
contre leurs concitoyens. Mais les ministres et les
membres des chambres auront-ils seuls le privilége de
tonner contre le crime, et d'appeler le glaive des loïs
sur la tête des égorgeurs?

On a frémi en entendant un ministre de la justice
déclarer que les magistrats n'avaient pu venger l'humanité, que la terreur avait enchaîné la langue des
témoins, et que des complices étaient accourus en
foule attester l'innocence de leur chef féroce. Mais le
ministre et les auditeurs ont-ils oublié que le crime ne
triomphe que là où le gouvernement faiblit, que là

(*) *Voyez* l'ouvrage de M. Durand, intitulé : *Marseilles,
Nîmes et ses environs ;* la seconde partie offre les traits de ce
grand scélérat ?

pauté. On met plus facilement le doigt sur la personne , que le pied sur ses états. Mais les

---

où ses agens le trahissent , que là où les autorités parlent un autre langage que le sien , que là où ils menacent d'un lendemain plus cruel que la veille , que là où les citoyens, ne voyant aucun gage de sa bonne foi , circonvenus par les mêmes espions, tyrannisés par les mêmes fonctionnaires, ne peuvent se livrer à aucune espérance , et ne voient que les tourmens et la mort pour prix de leur véracité?

Pendant le scandale de tant d'impunité, au midi , comment les magistrats se montraient-ils si sévères , au nord et à l'ouest, contre des écrivains paisibles (*) qui cherchaient à éclairer le gouvernement, des écrivains dont les erreurs n'étaient du moins souillées d'aucune tache de sang , et dont le crime fut de signaler les maux que le ministère révèle, enfin, après plus de trois années d'un silence incompréhensible? Comment les publicistes gémissent-ils encore dans les prisons, lorsque les assassins jouissent d'une entière liberté? Quelques feuilles de papier imprégnées d'encre ont pu précipiter des citoyens dans l'horreur des cachots : et la terre abreuvée de sang , et les flots du Rhône roulant, avec mumures, les membres palpitans de tant de victimes innocentes , n'ont pu retenir dans les fers

(*) M. *Alexandre Crevel* , auteur des *Vœux du peuple*, n'a pas encore pu obtenir la faveur d'entrer dans une maison de santé; ses amis espèrent tout à cet égard de la justice de son excellence le garde des sceaux.

sages ne dédaignent point d'aller prendre des leçons du castor, de l'abeille et de la fourmi, et nous aurions aujourd'hui bien moins de difficultés sur la loi des élections, en France, si le gouvernement avait su profiter des petits exemples qu'on lui donnait à sa porte. S'il faut en croire le fameux Mémoire publié le 14 août 1818, dans cette maudite *Bibliothèque-historique* que le général *Ch...* a l'audace de recevoir, le prince n'aura à redouter les patentés, ni les patentables du métier de boucher, du métier de meunier, du métier de boulanger, des fabriques de toiles, de pipes, de chapeaux, de vermicel, etc., etc. Le bon *Barthélemy* n'aurait rien eu à demander; trois colonnes de la *Gazette de France* auraient été peut-être moins mal employées que par l'opi-

---

les plus exécrables assassins! Et nous nous occupons de réprimer la presse, et d'enchaîner les journaux! Nous voulons flétrir les plumes, et nous n'osons briser les poignards! Quand donc le fils de l'homme, redescendu de nouveau sur la terre, touchera-t-il, de ses mains divines, notre Charte immobile, et lui dira-t-il, avec l'accent de la bienfaisance et de l'autorité : « LEVE-« TOI, ET MARCHE? »

(Note de l'éditeur.)

nion hachée de **M.** Bellard , et nous n'aurions
pas entendu parler des *îles de Parlas.* Mais
je suis toujours pour l'espérance. Ce prince ,
ce souverain qui peut être pair de France ,
peut bien y devenir ministre ; et alors , adieu les
électeurs-patentables ; tout le commerce sera
exercé par le gouvernement qui pourra vendre , qui vendra seul ; mais ce marchand là
ne pourra jamais être acheté, c'est tout ce que
nous demandons ; car il nous est plus com-
mode de tendre la main pour recevoir , que
de l'ouvrir pour donner.

« Nous voici aux jérémiades. La fournée
n'est pas complète : il fallait y joindre des
pairs latins que je ne connais et que je n'ai
point du tout envie de connaître : plus , un
Clément de Ris , parce que les chouans l'ont
rendu le héros d'un souterrain ; un *Ségur* ,
parce qu'il a fait et qu'il fait encore de bonnes
histoires , et parce que , dans le malheur , il
conserve ses amis. Beau miracle, vraiment!
les infortunés sont les amis de tout le monde.
On dit que , dans le bonheur , il a joué le
même jeu ; eh bien ! *Ségur* est un beau joueur.
Mais oublierons-nous qu'il a fait comme nous
tous , avant la restauration ? Oublierons-nous,
surtout , les services glorieux , et les nom-

breuses blessures , de son fils ? N'avons-nous pas déjà trop de ces pairs de France qui ont servi la France , et qui ont répandu leur sang pour elle? Répétons , avec l'un de nos nobles interprètes , que rien n'est plus propre à déconsidérer la Pairie.

Il faut que *Percello-Valence* et que *Périgraphe - Gassendi* reviennent sur les bancs ; M. *Cyrus-Timbrune-Valence* sera le représentant des forcenés qui ont osé vaincre la première coalition , qui entrèrent dans Courtray, dans Longwy , dans Namur , et qui , à Nerwinde , soutinrent la prétendue gloire des soldats de la révolution! Un tel choix serait impardonnable.

« En parcourant la liste des rentrans , ma foi ! je serais presque de l'avis du frondeur qui regrette de n'y point lire les noms de *Périphanes Praslin* et de *Périsseuma-Dedelayd'Agier.* Quand on réunit, comme ces deux messieurs, à un si haut degré, la bienfaisance envers les malheureux, et l'affection de ses semblables, on honore toutes les corporations dont on fait partie , et l'on peut s'asseoir partout où il y a une place réservée à la vertu. Si l'auteur n'avait écrit que ces six lignes, je crois que je garderais son ouvrage.

Mais concevez - vous , cher curé , que le comte de *Castellane* ait été se lancer contre cette loi admirable du 9 novembre 1815 , si instamment demandée par la chambre si pure des députés , si largement amendée par elle , loi qui fait encore la gloire et le bonheur de la France? A qui donc se fier? Au reste, ce pair est bien heureux , puisque l'auteur a saisi cette occasion de publier les armoiries des Castellane. Jamais libelliste ne me rendra le service de blasonner mes armes, qui sont de sable au chat effarouché d'argent , et pour brisure , comme cadet , au chef cousu de gueules. Qui nous empêcherait de rafraîchir un peu la litre de ma chapelle? Il faut que je m'en régale : la marquise en mourra de joie.

« Devinez-vous *Pervenche* ? voici comme je procède : *Pervenche, J.-J. Rousseau, Montmorency.* Y êtes - vous ? Voilà l'auteur qui, pour s'amuser , ou pour alonger son écrit, suppose dans une chambre ce qu'on a vu dans une autre, et ajoute même des épisodes qui n'ont eu lieu nulle part. Le *Perforant* est ce brave marin qui a voulu, en 1793, donner des arrhes sur la contribution de guerre que devait , en 1815 , lever *l'île-sonnante*, c'est-à-dire, l'Angleterre , notre bonne alliée , sur les

Français : moyen infaillible de donner à ces derniers une *leçon de morale* dont ils avaient tant besoin. L'auteur croit que c'est l'*île sonnante* qui récompensera le baron ; mais il se trompe, et ce que n'ont osé faire ni M. Dubouchage, ni M. Molé, qui, cependant, ne manquaient pas de courage à cet égard, leur successeur le fera ; tant il est facile de se mettre à son aise quand on est entré par la bonne porte.

Ce sont les *Suisses*, nos vieux compères, que *Rabelais* nommait *Liffreloffres* (p. 17). J'aurais été bien étonné si M. le libelliste, imaginant de faire jouer les marionnettes des pétitions, avait passé sous silence les criailleries contre ces bons *Suisses* que leur habit rouge suffirait seul pour faire aimer. Je sais tout ce qu'on peut dire à cet égard : Je me souviens que les *Lesseville* ont dû la noblesse à leur mère (veuve d'un tanneur), qui prêta 200,000 f. à *Henri IV*, la veille de la bataille d'Ivry, sur les instances de *Sully*, qui disait à la bonne femme : « Hélas ! notre bon roi est bien mal-
« heureux ! Obligé de livrer une bataille d'où
« dépend le sort de sa couronne, il sera in-
« failliblement vaincu, parce qu'il n'a pas
« d'argent, et que les *Suisses*, qui sont sa
« principale force, déclarent qu'*ils tourne-*

« *ront leurs armes contre lui* , s'il ne leur
« paie ce qu'il leur doit... » Madame *Leclerc*
court à son armoire , offre tout ce qu'elle a ;
son argent retient les Suisses : *Heni IV* est
victorieux , et il annoblit (1594) la veuve et
les enfans auxquels il donne le fief de *Lesse-*
ville , par des lettres qui relatent cette glo-
rieuse action. Je me souviens que le comte
de *Kersaint* , qui montra tant de courage à
la convention , et qui fut ensuite arrêté , tout
près d'ici , pour être conduit à l'échafaud ,
avait, en avril 1792 , dénoncé les insultes mul-
tipliées que les *Suisses* , se permettaient vis-
à-vis des citoyens , et qu'il avait demandé à la
tribune de l'assemblée législative, pourquoi le
roi des Français était gardé par des *Suisses* ?
Je me souviens de tout ce qu'on leur a reproché
à Lyon , en avril 1817 ; à Paris , rue Notre-
Dame-de-Bonne-Nouvelle , le 9 juin 1818 ;
au Louvre , à l'occasion d'un enfant, en mai
1818 ; et voici que , le 15 de ce mois , deux
Suisses ont encore eu le courage d'ouvrir le
ventre et de donner la mort à un employé qui
marchait tranquillement dans la rue, avec sa
femme et l'un de ses petits enfans. Je conviens
que ces lourds montagnards prennent un peu
trop à la lettre les expressions de haine et de

mépris qu'ils entendent prononcer par leurs nobles officiers contre les Français, et que si les sabres restaient pendus dans les chambrées, quand on n'est pas de service, cela n'en serait pas plus mal. Mais on ne m'ôtera pas de la tête que les troupes suisses sont le plus bel ornement d'un trône; et la gloire de payer chacun de ces étrangers le double de ce que coûterait un citoyen français, vaut bien qu'on leur passe de se régaler, de temps en temps, d'un meurtre ou deux : cela les tient en haleine (1).

« Pour le coup, nous voici au clergé; le mot de *Perpétuons* n'est pas mal choisi pour désigner cette sainte association dont le but, depuis tant de siècles, est de nous aider à *perpétuer* parmi le peuple les utiles superstitions qui le retiennent enchaîné.

---

(1) L'opinion publique est à ce point dédaignée qu'on ne prend aucune précaution pour cacher les crimes des *Liffreloffres*, sans jamais apprendre à la nation leur châtiment. Qu'ils aient une juridiction à eux, c'est déjà une insulte pour l'armée, et pour la nation française ; mais cette juridiction n'est probablement pas l'impunité. C'est ce qu'il faudrait faire connaître.

P. S. *L'assassin de Coquelet vient d'être condamné.*

(Note de l'éditeur.)

Pourquoi donc ne nous faites-vous pas aussi à St.-M. quelques scènes de cette espèce ? cela nous ferait connaître, et l'ardeur de votre zèle préparerait les voies à quelque bonne promotion. Curé, je vous soupçonne d'être tolérant. Prenez-y garde ; on ne pourrait vous recommander à aucun official ; il n'y a pas d'aumônerie qui voulût entendre parler de vous, et vous procurer le moindre bénéfice dans l'évêché de *Samosate*, où ils sont pourtant en grand nombre.

Vous devinez, j'espère tout le reste, et M. le Thélémite n'a pas manqué d'exhumer de son Rabelais la dénomination de *Jans-Pil-hommes* que ce fol donnait aux seigneurs de paroisse. Je ne comprends pas comment ce moine défroqué, ce prêtre si incrédule, cet écrivain si hardi, a pu être si avant dans les bonnes grâces des plus grands rois, des plus saints pontifes, des plus savans cardinaux, et des plus hauts et puissans seigneurs. Cet homme était sorcier, ou bien les estomacs de ce temps-là étaient plus robustes et digéraient de plus gros morceaux. Autrement, la police correctionnelle n'aurait été occupée que de Rabelais, et il aurait cuvé son vin et passé sa gaîté dans les préaux de la Force et de Sainte-

Pélagie, malgré *tout son art de ne dire qu'à demi mot mille choses qui, peu comprises d'abord, donnent pourtant une extrême envie d'être entendues.* (1).

« Pour moi, je ne veux ni du curé de Meudon, ni de ses singes, et recommandez bien à mon libraire de ne me pas forcer à le lui répéter une seconde fois. »

Vous voyez monsieur, que M. le marquis de L.-L. qui, pourtant, a souri quand je l'ai nommé le *marquis d'OEdipe*, vous tient rigueur. Hâtez-vous de l'apaiser en lui envoyant de *l'ultra*, *du drapeau blanc*, *du conservateur*. Quant à moi, je vous aurai une grande obligation, si vous pouvez joindre à vos envois, des mandemens de Nosseigneurs les évêques, ou de MM. les grands-vicaires. Les lettres pastorales qui émanent de Versailles sont presque sans couleur. Envoyez-nous du *Strasbourg*, du *Paris*, du *Besançon*. On dit partout que c'est charmant.

Agréez, Monsieur, l'assurance etc.

E. L. F. curé de St.-M.

---

(1) *Voyez* la préface de Jacob Leduchat; t. 1, de Rabelais, p. vi, Amsterdam, 1711.

P. S. Notre bon seigneur qui est entré chez moi, au moment où j'allais cachetter ma lettre, et qui a voulu la lire, trouve que je suis un bon *secrétaire des commandemens.* Il désire que vous m'appreniez s'il a rencontré juste dans l'explication des énigmes. Ce ne sera qu'alors qu'il acceptera le nom de *marquis d'Œdipe ,* qui, au surplus, ne lui paraît pas plus étrange que celui de comte d'*Hector,* de duc de *Lévi ,* de comte de *Noé,* de comte de *Marcellus ,* d'évêque de *Thèbes* et de roi de *Jérusalem.* L'essentiel dans tout cela, est d'avoir su conserver ou retrouver de grandes propriétés, de multiplier ses lapins, d'habiller ses gardes-chasses, et d'être au moins maire de son village.

Adieu, Monsieur.

AVIS DE L'ÉDITEUR.

Pendant que M. le curé écrivait sa lettre, la discussion s'échauffait à la chambre des députés, et enfin, le 23, les amis du bon ordre, de la charte et de la patrie, obtenaient un triomphe remarquable.

Sur deux cent quarante-quatre votans (1), cent cinquante repoussaient la proposition, et quatre-vingt-quatorze députés des départemens succombaient dans la lutte où ils avaient épousé les opinions de quatre-vingt-quatorze pairs de France, formant, à l'époque du 2 mars 1819, la majorité dans la chambre des pairs.

----

(1) Tous les députés présens à Paris, ont voté, hormis cinq malades.

Ainsi, comme l'expose le *Journal-général*, dans sa feuille du 25, les cinquante-six pairs et les cent cinquante députés qui ont rejeté la proposition présentée par M. Barthélemy, forment une majorité réelle contre les cent quatre-vingt-huit (pairs et députés) qui s'efforçaient de la faire adopter.

Nous croyons devoir offrir, ici, à la reconnaissance nationale les noms de M.M. les pairs et de M.M. les députés qui s'étaient inscrits pour s'unir aux efforts du gouvernement, dans une circonstance aussi importante.

PAIRS DE FRANCE.

M.M. de la Rochefoucault-Liancourt; de Choiseul; de Broglie; de la Vanguyon; de Valmy; Boissi-d'Anglas; Lanjuinais; Curial; Maison; Ricard; Porcher-Richebourg; Soulés; Le Mercier; Colaud; Cholet; Chasseloup-Laubat; Klein; Dambarrère; Demont; Destutt-Tracy; Eméry; Jancourt; Bertholet; Le Noir-Laroche, Malleville; Massa; Morel de Vindé; Dumuy; Sainte-Suzanne; Vimar; Volney; Perée; Raguse; Cornet; Compans;

d'Haubersaert ; la Roche-Aymon ; Gouvion ;
Boissel-de-Monville ; de Graves, de Cazes ;
Dessoles ; La Place ; Lally-Tollendal ; Barbé-
Marbois ; Abrial ; Garnier ; La Martillière ; La
Tour-Maubourg ; Beaumont ; Serrurier ; Le
Brun-Rochemont ; Daguesseau ; Dupont ; de
Croix.

DÉPUTÉS DES DÉPARTEMENS.

Beugnot..., rapporteur ;

Martin de Grey ;

Bonin ; St-Aulaire ; St-Cricq ; Royer-Co-
lard ; Grenier, général ; La Fayette ; Courvoi-
sier ; Manuel ; Le Graverend ; Bourdeau ;
Bondy ; Morisset ; Jobès ; Laîné-Ville-Lévêque ;
Dupont (Eure) ; Delong ; Dumeylet ; Pon-
sard ; Chauvelin ; Boygne-de-Faie ; Saulnier ;
Kératry ; Perreau ; Egonnière ; Bignon ; For-
nier-St.-Larry ; Becquey ; Bédock ; Ganilh ;
Lafitte ; Hernoux ; Néel ; Rolland (Moselle) ;
Tronchon ; Paccard ; De Laître ; Delessert ;
Guilhem ; Froc-de Laboullaye ; D'Argenson ;
De Nully-d'Hécourt ; Caumartin ; Des Bordes ;

Casimir Perrier; Populle; Magnier-grand-Pré; Jounneau; Savoye-Rollin; Girard; Sivard; Rodet; Reibell; Admirauld.

Nota. Dans la chambre des pairs, MM. de Castellane, de Clermont-Tonnerre, d'Oudeau-Ville, et le marquis de Fontanes, ont parlé pour la proposition de M. Barthélemy.

Dans la chambre des députés, on a entendu pour cette même proposition, MM. La Bourdonnaye, Villéle, Laîné, (ancien ministre, qui présenta la loi des élections, le 28 novembre 1816, et qui en soutint la discussion avec tant de vigueur et d'éloquence), Corbière, et Barthe-Labastide.

MM. Duvergier d'Hauranne et Bellart ont fait imprimer leur opinion, le premier, dans le *Moniteur*; le second, dans la *Gazette de France*. Celui-ci combat en faveur de la proposition; M. D'Hauranne la soutient bonne, mais il conclut pour son rejet!!!

Si l'on en juge d'après ces rapides nomenclatures, il est consolant pour la France de voir les grands talens , la loyauté éprouvée , les réputations européennes , presque tous les genres de gloire se grouper autour de la charte, des bonnes lois et du gouvernement, et garantir le maintien de la paix intérieure, et de l'indépendance nationale.

Ajoutons que depuis la mise à l'impression de cette note, le parti, qui, chaque jour, en dépit de l'opinion publique et de la volonté du gouvernement, veut tout remettre en question, a cru rendre un grand service aux quatre-vingt-quatorze députés qui ont voté pour la proposition Barthelémy, que de publier leurs noms.

Nous pensons que ce sont les colléges électoraux qu'il a servis, en les éclairant pour l'avenir. En effet la masse de ces votans est composée d'un prince, de comtes, de vicomtes, de marquis, d'ex-ministres, regrettant leur portefeuille, et de quelques fonctionnaircs empressés de prouver au gouvernement combien il s'est trompé en les investissant de sa eonfiance. Cette liste est indispensable pour les électeurs. On la trouve dans le *Journal-Général* du 31 mars; mais il est juste d'en supprimer le nom de M. *Papiau de la Verrie*, député de Maine - et - Loire, qui a réclamé contre l'erreur commise à son égard.

www.ingramcontent.com/pod-product-compliance
Ingram Content Group UK Ltd.
Pitfield, Milton Keynes, MK11 3LW, UK
UKHW021718130726
13696UKWH00004B/1895